입으로 쓴 서정시

시작시인선 0304 입으로 쓴 서정시

1판 1쇄 펴낸날 2019년 9월 6일
1판 2쇄 펴낸날 2020년 7월 29일
지은이 조은길
펴낸이 이재무
책임편집 박은정
편집디자인 민성돈, 장덕진
펴낸곳 (주)천년의시작
등록번호 제301-2012-033호
등록일자 2006년 1월 10일
주소 (03132) 서울시 종로구 삼일대로32길 36 운현신화타워 502호
전화 02-723-8668
팩스 02-723-8630
홈페이지 www.poempoem.com
이메일 poemsijak@hanmail.net

ISBN 978-89-6021-446-0 04810
978-89-6021-069-1 04810(세트)

값 10,000원

*이 책의 국립중앙도서관 출판시도서목록(CIP)은 서지정보유통지원시스템 홈페이지(http://seoji.nl.go.kr)와 국가자료공동목록시스템(http://www.nl.go.kr/kolisnet)에서 이용하실 수 있습니다.(CIP 제어번호: CIP2019034258)

*이 시집은 2019년 아르코 문학창작기금을 수혜하였습니다.

입으로 쓴 서정시

조은길

천년의 시작

시인의 말

약육강식의 진창을
수수만년 굴러먹은 시

시를 의심했다

나에게 시는 구토다
토사물이다
먹고 먹힘의 조건반사다

차 례

제2부

제3부

제4부

해 설

제1부

8월

풀 지게를 한쪽 어깨에 걸치고 들로 나가신 아버지는 아가리가 석류 속 같은 뱀 한 마리를 지겟작대기에 친친 감고 돌아오셨다

어머니는 황급히 마당가 무쇠 솥단지에 장작불을 지피고 아버지는 그것을 무쇠솥 바닥에다 패대기치고는 잽싸게 솥뚜껑을 눌렀다

나는 뱀이 솥뚜껑을 컹컹 치는 소리에 놀라 집 밖으로 튕겨 달아나고

처음으로 어머니 아버지가 징그럽다고 생각했다

그날 밤 아버지는 모깃불 한복판에 시퍼런 쑥대 다발을 꽂아놓고 어머니와 일찍 잠자리에 들었다

온 집에 뱀 비린내와 쑥 타는 냄새가 진동했다

뱀이 붉은 아가리를 치켜들고 방으로 기어 들어오는 꿈을 꾸고 놀라 깨어보니 아버지 코 고는 소리에 방구들이 크

렁크렁 울렸다

처음으로 내가 징그럽다고 생각했다

머리맡에는 창을 넘어온 달이 죽은 모시나비처럼 주저앉아 있었다

바위산에 올라

친구의 통속소설 같은 연애 이야기를 들으며 오른 산꼭대기 하늘 향해 불쑥 솟아있는 바윗돌 저것은 산의 페니스가 아닐까 낮에는 해 밤에는 달이 번갈아 몸을 섞고 가는 산의 정자주머니가 아닐까 산을 뒤덮은 수많은 살아 꿈틀거리는 것들은 해와 달이 애지중지 거둬 먹이는 새끼들일 테고 바위틈에 핀 입술이 푸르죽죽한 제비꽃은 어젯밤 낳은 달의 아긴지도 몰라 어머닌 날 낳다 동이 피를 쏟고 죽다 살아났다던데 이 산은 왜 이리도 멀쩡하기만 한 걸까 막 생리가 지나간 듯 산철쭉 붉게 쪼그라진 자궁을 툭툭 건드려보며 가슴이 쿵쿵 입이 바짝바짝 마르는 것은 친구의 연애 이야기가 점점 뜨거워졌기 때문이고 이 산에는 눈을 씻고 봐도 나를 닮은 것이 하나도 없기 때문이고 산의 머릿밑까지 훤히 다 보이는 이 대명천지에 귓구멍에 갖다 대줘도 못 알아듣는 것들 속에서 듣는 친구의 연애 감정은 얼마나 인간적인가 가슴이 쿵쿵 입이 바짝바짝 마르는 인간적인 참으로 인간적인

즐거운 나날들

위층에 신혼부부가 이사 왔다
그들은 어디서나 열렬히 붙어 다녔다
서녘 창이 와인빛으로 물들 즈음
그들은 서로의 허리를 감고 돌아왔다
찰칵 현관문이 닫히고 고요하다 나는
고요에 감전되어 하던 일을 멈추고
두 팔을 활짝 벌려 나를 꼬옥 안아준다

어머닌 아무런 즐거움도 없이
처녀막을 뜯겼다는데 그것이
내 출생의 유일한 알리바이라는데
그럼 뭐 어때 어머닌
나를 죽자 사자 아껴주고
나는 나에게 소름 끼치도록
사랑이 샘솟는 걸

어디서 종소리가 들려온다

종지기 콰지모도는 아름다운 에스메랄다를
어쩌다 그렇게 사랑하게 되었을까

자신보다 더 사랑하는 존재가 곁에 있다는 것은
얼마나 잔인한 축복인가

어딘가 천국이 있고 지옥이 있다지만
교회에 가지 못하는 것은
십계명을 도무지 못 지킬 것 같기 때문이다

종소리가 뚝 끊겼다

괜찮아 괜찮아 너 없는 곳이 지옥인걸
한 번 더 안아줄까 내 사랑

복어들

요절한 시인의 장례식을 마치고
끝까지 남은 몇몇이 복어지리를 안주로 술을 마시는데
희멀건 국물과 콩나물 미나리 넝쿨 사이에 끼여 있는
껍질이 까맣게 쪼그라든 복어 살을 오독오독 씹으며
낮술을 마시는데 자꾸 눈물이 삐져나와서
고개를 치켜들고 눈물을 삼키다 보았네
복어집 벽에 선전용으로 붙어있는
자주복 까치복 밀복 은복 졸복 황복 황점복
그들의 이름과
하나같이 배가 뽈록하고 동그란 검은 눈동자들을
그들의 배가 뽈록한 것은
위험에 처했을 때 적에게 몸을 최대한 크게 보이게 하여
위기를 모면하는 생의 기술이라는데
배가 볼록한 채 멈추어버린 그들의 검은 눈동자와 마주치니
요절한 시인이 너무 크게 보여 술을 마셨다
너무 작게 보여 술을 마셨다
술김에 다시 보니
졸복이 졸병으로 보여 술을 마셨다
황복이 항복으로 보여 술을 마셨다
황점복이 황천복으로 보여 술을 마셨다

끼리끼리 술잔을 딱딱 부딪치며
으르렁으르렁 낮술을 마셨다

소크라테스님은 얼마나 배가 고팠을까

배부른 돼지보다
배고픈 소크라테스를 고집하며
저녁밥도 포기하고 철학 카페 가는 날
어린 나이에 부모 잃고 뭐니 뭐니 해도
배부르고 등 따신 것이 최고라는
한 가지 철학만을 고집하는 남편은
저녁밥을 핑계로 밤늦게 돌아온다
그때마다 왠지 배고픈 소크라테스가
배부른 돼지에게 뒤통수 맞은 기분을 지울 수 없지만
괜찮다 철학의 아버지 소크라테스님도
평생을 아내와 지지고 볶으며 살다 갔다는데 뭐
모든 자살은 잠재적 타살이라는데
하루에도 수십 명이 스스로 죽어 나간다는 이 땅에서
귀를 의심케 하는 끔찍한 뉴스들이 연일 쏟아져도
그걸 소재로 폼 나는 시를 지어낼 궁리를 할 뿐
밥숟갈을 내던지고 집을 뛰쳐나간다거나
철학 카페를 빼먹는다거나
펜을 내던지고 궐기장으로 달려간다거나
코가 비뚤어지게 술을 마신다거나
난 살인자야 너도 너도 넌 사람도 아냐
술주정도 잠꼬대도 하지 않는다

직립을 소원하다

전동 휠체어를 탄 노부부가 막 비 그친 아스팔트 길을 앞서거니 뒤서거니 가고 있다

가지런히 접힌 무릎 위에는 조그만 손가방 하나

손가방 속에는 귀가 다 닳은 성경책과 꽃무늬 손수건과 돋보기안경이 착하디착한 표정으로 포개져 있다

절벽을 지나는 듯 심각한 표정으로 앞만 보고 가는 노부부를

어떤 이는 가엾다 하고
어떤 이는 그래도 둘이라서 다행이라 하고
어떤 이는 저렇게라도 다닐 수 있는 것이 부럽다 하고

나는 그들을 따라 교회 문 앞까지 가다 되돌아오고 만다

아직 다리가 성하기 때문이라며 나의 미래를 걱정하지만

두 발로 걷게만 해달라고 밤낮없이 기도하며 착하디착하게 살아가는 저 부부의 다리를 기어코 분질러 앉혀 놓는

저들의 신이 지옥보다 더 무섭기 때문이다

9월

창문을 여니
불쑥 재채기가 났다
홍고추 달이는 냄새였다
옆집에서 재채기 소리가 요란한 걸 보니
옆집 여자는 남편이 좋아하는
숙음무김치를 담그나 보다

콧속을 쏘아대는 홍고추의 저항이
저리도 완강한 걸 보니
아무래도 저만의 간절한 꿈이 따로 있는 듯하지만
마늘 생강과 함께 어린 무잎에 휩쓸려
갓 늙은 옆집 남자의
뱃속으로 끌려 들어가고 말 것이다
남자는 이제 피둥피둥 놀고먹지만
아직까지는 아무도 저 입성을 막을 수 없다

이맘때면 꿈인가 현실인가
죽느냐 죽이느냐
얼추 가닥이 잡히는 때

그제는 예순여섯 살 마광수 씨가
스스로 목숨을 끊었고
오늘은 벌초하다 벌에 쏘여 죽었다는
지인의 부고를 받았다

그날은 달님을 몹시 기다렸다

정월대보름날인데 달님이 나타나지 않았다

흠도 티도 없는 정월대보름 달님에게 우리 가족 만수무강 운수 대통을 빌어야 되는데 달님이 나타나지 않았다

하늘이 멀어 잘 안 보이고 잘 안 들릴까 봐 소나무 대나무 횃불을 만들어 하늘 밑구멍까지 환하게 밝혀 놓고 북 치고 장구 치고 꽹과리 치며 기다렸는데 달님이 나타나지 않았다

올해는 제발 글 좀 잘 쓰게 해주소서 잠 좀 잘 자게 해주소서 그 사람이 나한테만 눈멀게 해주소서 은밀히 부탁할 것도 많은데 달님이 나타나지 않았다

달님이 나타나지 않아 횃불도 잦아들고 북소리 장구 소리 꽹과리 소리도 잦아드는데

달님이 나타났다

달님은 달님인데 구름에게 멱살 잡혀 어딘가로 끌려가는 달님이다 무슨 말을 하려는 듯 입을 빠끔빠끔 눈을 깜빡깜

빡 끌려가는 불쌍한 달님이다

하지만 저 떠돌이 변덕쟁이 구름에게 한 해의 신수를 부탁할 수는 없지 않은가

달님 달님 기도하면 구름에게 멱살 잡힌 달님이고 달님 달님 기도하면 입을 빠끔빠끔 눈을 깜빡깜빡 끌려가는 불쌍한 달님뿐인

캄캄한 정월대보름 밤이었다

입술을 깨물어 비명을 참으며

몇 날 며칠을 혹한에 시달리던 호수가 칠흑의 밤이 되자 기어이 제 몸의 일부를 떼내어 얼음 창문을 만들고 있다

먹이를 찾아 수억만 리 하늘 길을 날아온 시베리아 새들이 연방 닫히고 있는 얼음 창문에 몸을 내던지고 있다

쩍쩍 쿵쿵 시퍼렇게 멍이 든 호수와 시베리아 새

나는 고기쌈을 우적우적 씹다 말고 울컥해서 채널을 돌려 버린다

피투성이가 된 사내가 구경꾼들 까맣게 에워싼 사각 링 바닥에 나자빠져 있다

피 묻은 주먹을 치켜들고 구경꾼들의 환호에 답하고 있는 또 한 사내

나는 입안을 뒹굴던 고기쌈을 끝내 뱉어버리고 만다

어서어서 먹어둬 먹어야 힘이 나지

복날이면 기르던 닭 모가지를 비틀어 후후 더운 김을 불어주시던 어머니 이마에 맺혀 있던 수많은 땀방울들

나는 손바닥을 다시 펴 고기쌈을 싼다
호수처럼 시베리아 새처럼 싸움꾼처럼 내 어머니처럼 고기쌈을 오독오독 씹어 삼킨다

아무래도 천국은 있어야겠다 저 죄 없이 서러웠던 영혼만이라도 마음 놓고 부칠 곳이 있어야겠다

순종들

1

솔밭백숙 천 년 묵은 소나무 둥치에 도사견 두 마리가 천 년 묵은 쇠줄에 묶여 있다 그 쇠줄의 반경 안에는 구릿빛 날개를 겨드랑이에 납작 구겨 넣은 닭들이 발이 묶인 듯 오글오글 모여있다 그들은 드넓은 세상을 눈앞에 두고도 승냥이 떼가 무서워 쇠줄을 넘어가지 못한다

어둠 밀려오고 쌕쌕 승냥이 거친 숨소리 다가오면 닭들은 푸득푸득 굳은 날개를 절뚝이며 도사견 등 뒤로 바짝 몸을 붙인다 그때마다 도사견은 붉은 이빨을 치켜들고 으렁으렁 성난 호랑이 시늉으로 승냥이를 물리친다

그러다가도 주인이 그물 올가미를 들고 다가오면 비명을 질러대며 혼비백산하는 닭들은 본체만체 껑충껑충 꼬리가 떨어져라 주인에게 매달리며 좋아 죽는 시늉을 한다

그런 날엔 닭 껍데기 둥둥 뜬 백숙 밥을 얻어먹곤 한다

2

그린아트빌라 지하 주차장에서 길고양이 한 마리가 타살

되고 있다 사람에게 상처받고 사람을 피해 산기슭을 떠돌던 개 부부의 간절한 한 끼 식사가 되고 있다

먹고 먹히는 뻰쩍이는 몇 개의 눈동자와 비명 소리가 칠흑의 지하 주차장을 난도질하고 있다

식사가 끝난 개들은 피비린내로 더욱 견고해진 어둠을 헤치고 황급히 지하 주차장을 빠져 달아나고

달아나지도 잠들지도 못한 몇 개의 불빛이 한 움큼 어둠을 베어 물고 서있는 그린아트빌라 뱃속에는 오늘 저녁으로 먹은 먹이들이 잘근잘근 난도질되고 있다

잔디 깎는 날

이 세상에 태어나서
반드시 일을 해서 밥을 벌어야 한다면
잔디 깎는 정원사가 되고 싶다
남의 머리카락만 잘라주고 밥을 버는 이발사처럼
날 선 가위를 아무리 휘둘러도
아무도 아프지도 슬프지도 않고
머리 모양이 똑같으니
비교당할 것도 차별당할 것도 없고
아 시원하다
새로 태어난 것 같다
고맙습니다 수고하셨습니다
노동의 피로가 싹 가시는
흥감한 인사를 받으며 밥을 번다면
얼마나 속 편하고 살맛 날까

더벅머리 잔디 깎는 날
꽃밭의 잡초도 못 본 척 그냥 두고
TV도 컴퓨터도 전화기도 꺼두고
책도 읽지 않고 시도 쓰지 않고
잔디처럼 방바닥에 등을 깔고 누워

잔디들의 인사말을 하나하나 되새김질해 보다
입꼬리가 슬그머니 올라간 채
스르르 잠이 드는

저녁의 향기

형제고물상 간이 사무실 처마 끝에 명태 몇 마리 꾸들꾸들 몸이 말라가고 있다

주린 고양이들 숨을 죽이며 처마 끝까지 다가가 보지만 낙상의 위험만 맛보고 되돌아간다

보행기 걸음의 노인들이 형제고물상 계측기 눈금과 눈씨름을 하는 사이 명태들의 더 이상 다물 수 없는 아가리엔 하염없이 먼지가 고인다
얼음 바람에 시달리던 태양이 황급히 서산 너머로 달아나면 형제고물상 털 검은 짐승 같은 간이 깡통 난로에 시뻘건 불꽃이 치솟는다

새까매진 목장갑을 탁탁 털며 난로가로 모여드는 고물상 사람들 처마 끝 명태 한 마리 갈기갈기 찢어 소주잔을 돌리며 저녁의 예를 올린다

그 속에는 소주잔도 명태 조각도 없이 우두커니 불꽃 위에 손을 올려놓고 서있는 다 늙은 사내가 있다

한창때는 여자 고객을 만나러 갈 때면 아내와 실컷 잠자리를 하고 나갔다는 독실한 크리스천인 사내

자궁을 몽땅 덜어낸 후 교회에서 살다시피 했다던 아내는 죽고 없다

어디서 삭은 피비린내가 훅 끼쳤다

순정

또 황톳물을 건너는 꿈을 꾸었다 황톳물을 건너는 꿈은 불길해서 정말 싫다 나는 꿈을 떠올리지 않으려고 흥얼흥얼 콧노래를 불렀다 딸아이가 밥을 먹다 말고 울상이 되어 일어난다 또 뭔가를 본 모양이다 딸아이는 결벽증이 심하다 나는 흥얼흥얼 콧노래를 부르며 딸아이에게 미안하다 말했다 암 판정을 받던 날 엄마는 방문을 걸어 잠그고 울었다 나는 문밖에서 흥얼흥얼 콧노래를 불렀다 복수가 차오르자 엄마는 온몸이 쑤신다며 울상을 지었다 나는 흥얼흥얼 콧노래를 부르며 엄마 몸을 주물렀다 손바닥이 빨갛게 피멍이 들었다 엄마는 미안하다며 옛날 찜이 먹고 싶다고 말했다 나는 흥얼흥얼 콧노래를 부르며 옛날 찜을 만들었다 엄마는 또 미안하다며 온몸이 저리다며 울상을 지었다 나는 손이 너무 아파 도저히 못 주무르겠어요 파스 바른 손목을 보여 주려다 아예 못 들은 척 흥얼흥얼 콧노래를 불렀다

미안해요 엄마 또 나만 사랑해서

영웅들의 장례

곡소리 뚝 끊긴 시립 의료원 영안실 구석에 바퀴벌레 한 마리 죽어있다 방바닥에 등이 반듯이 닿은 채 천장을 향해 애걸복걸하는 자세로 죽어있다 검은 상복 차림의 개미들이 새까맣게 줄을 이어 장례 절차를 밟고 있다 장례식장 직원이 그들을 모조리 쓸어 갔다 늘그막에 아내를 먼저 보낸 후 며느리가 주는 탁한 물은 입에도 안 댔다는 백구두 영감도 쓸려 갔다 한창때는 참기 힘든 어려움이 닥치면 말끔하게 차려입고 종합병원 앞을 왔다 갔다 하면 영웅이 된 기분이 들었다는 치매 병동 키다리 영감도 쓸려 갔다 장례식장을 잔칫집으로 만들어놓고 깨끗이 쓸려 갔다

채식 뷔페에서

바람이 되고 싶어
날마다 바람을 연습하는
너도바람꽃

채찍을 숨긴 태양
너도바람나무를 에워싸자
숨을 헐떡이며 너도바람꽃잎을
토해 내고 있는

도망치고 싶은
차라리 드러눕고 싶은
수없이 흔들리는 너를
어쩌지 못하고 돌아온 날
수녀가 된 친구와
채식 뷔페에서 저녁을 먹는다

울긋불긋 채찍 자국 선명한
채소들의 장례식장 같은 채식 뷔페

무가 되어야 하는

아직 아무것도 모르는
무 싹 한 쟁반을
마요네즈에 찍어 먹는다

창밖에는 절벽을 숨긴 어둠이
검은 눈알을 부라리며
우리를 노려보고 있다

친구는 그걸 신이라 말하며
나의 편식을 걱정한다

진달래꽃

벗은 나무와 갓 풀린 개울물 소리를
배경으로 활짝 피어있는 너는
어미 립스틱 훔쳐 바르고 집 나간 작부집 딸이거나

절벽과 바다와 검은 새를
배경으로 활짝 피어있는 너는
초경도 못 치르고 요절한 어린 여자이거나

허공과 덕장과 시커멓게 젖은 고깃배를
배경으로 활짝 피어있는 너는
밥 먹다 쇠갈고리에 입천장이 꿰어 죽은 어족이거나

올무와 피 묻은 작두와 펄펄 끓는 솥단지를
배경으로 활짝 피어있는 너는
물 먹으러 가다 올무에 걸려 죽은 사향노루이거나

철조망과 화약 냄새와 군홧발 소리를
배경으로 활짝 피어있는 너는
낯선 산야에 동이 피를 쏟고 죽은 어린 군인이거나

상여와 검은 연기와 통곡 소리를
배경으로 활짝 피어있는 너는
헤어지기 싫어 울며불며 발버둥 치던 당신이거나

별의 이력

별은 하늘에 난 구멍이다

죽어도 못 잊을 사람을 이 땅에 두고 하늘로 간 사람이 그리움에 못 이겨 하늘 문을 손톱으로 긁어서 낸 구멍이다

그중에서 유난히 반짝이는 별이 있으면

틀림없이 손톱 구멍으로 당신을 바라보고 있는 죽어도 못 잊을 그 사람의 눈동자일 것이다

보라 밤이면 밤마다 하늘이 저리도 찬란히 반짝이는 것은

이 땅 위에 얼마나 많은 죽어도 못 잊을 사랑이 머물다 갔는지 증거다

사랑아 죽어도 못 잊을 안타까운 내 사랑아 우리 너무 많이 서러워 말자 안타까워 말자

죽어도 못 잊을 이 지독한 그리움이 어둠을 밀어내는 저 찬란한 별 하나의 이력이 될 것이려니

마음대로 눈 맞추고 마음대로 마음 비비는 우리 그리움의 찬란한 종말이려니

멸치 대가리가 파생시킨 몇 가지 질문들

산꼭대기에서 도시락을 까먹다 버린 멸치 대가리에 개미 떼가 몰려온다 개미들은 제 몸뚱이보다 큰 멸치 대가리를 물고 어딘가로 바삐 가고 있다 이 높은 산꼭대기 어딘가에 저들의 가족이 있나 보다 멸치 대가리를 에워싸고 맛있게 먹고 있을 개미 가족들을 생각하니 멸치 대가리를 먹지 않고 버리길 잘했구나 뿌듯한 마음이 생겼는데 아뿔싸 늦게 도착한 개미들이 멸치 대가리를 못 구하고 우왕좌왕하고 있지 않은가 이럴 줄 알았다면 멸치 몇 마리를 남겨 둘걸 후회의 마음도 잠깐 가져온 멸치를 먹지 않고 저들에게 몽땅 다 주었더라도 저 많은 개미들 중 일부는 헛걸음을 하게 될 것이라는 생각에 이르니 개미들이 멸치 대가리를 먹고 못 먹고는 나나 개미나 이 산이나 멸치 대가리 그 무엇도 손댈 수 없는 복불복이라는 결론에 도달하고 만다

훗날 이곳을 다시 올랐을 때 유난히 목이 두껍고 살결이 빛나는 개미를 만나면 그날 멸치 대가리를 얻어먹은 이 산꼭대기에선 먹을 복 좀 되는 개미구나 짐작이나 해볼 뿐

송광사

한 권의 펴다 만 책이다

수만 장 찰흙 기와로
봉해 놓은 겉장
천 년 묵은 참나무 허벅지로
눌러놓은 책갈피

천근만근 조계산이 붉으락푸르락
책 모서리를 움켜쥐고 있는

산 밖의 책에 신물 난 사내들이
책장을 넘기려고 백자 단지 같은 머리통을
들었다 놓았다 갖은 애를 쓰고 있는

때때로 쇠북 채를 치켜들고
꽝꽝 책의 귀를 두드려보지만
귀 얇은 허공만 시퍼렇게 피멍이 들 뿐

아직 아무도 첫 페이지도 못 넘긴

제2부

입으로 쓴 서정시

네가 떠나가고 입이 진다
입의 안과 밖이 부르트고 허물어지더니
입술 선까지 완전히 망가졌다

널 떠나가게 한 책임이 모두 입 탓이라는 듯
방문을 걸어 잠그고 끙끙 입을 앓아눕는다

입이 아프니 밥도 못 먹겠고
밥을 못 먹으니 온몸이 죽을상이 되어
입을 올려다본다 하지만

입은 회로가 다른 전선처럼
아랑곳하지 않는다

널 싫어한 건 아니었다고
양다리 걸친 적 없다고

내 마음을 정확히 표현할 말이 없어

그냥 그렇게 둘러댄 것뿐이라고

아니라고 그런 게 아니라고

무너진 입을 쥐어박는다 소용없다

너는 떠나갔다
그저 때를 기다리던 철새처럼

연필의 추억

불면증이 심해져서 신경정신과에 갔다 의사 선생님이 내 눈을 빤히 바라보며 사지선다형 질문지와 연필을 내밀었다 나는 질문지보다도 정말 오랜만에 만져보는 연필의 감촉에 감격하여 연필이 어디서 생겼어요 물으려다 얼마 전 상담 받던 환자가 휘두른 칼에 찔려 죽은 정신과 의사가 떠올라 입을 닫는다 하긴 그 물렁한 고등어도 꽁꽁 얼리면 살기등등한 무기가 된다는데 내 책상 컴퓨터 옆에 삐죽삐죽 꽂혀 있는 형형색색의 볼펜들과 나의 불면증과 상관관계가 있을지도 모른다고 생각하다 문득 초등 시절 아버지가 정성스레 깎아준 연필이 닳는 게 아까워 필기도 제대로 못했던 그 예쁜 연필을 내가 화장실 간 사이에 똑똑 분질러놓았던 우리 반 싸움 대장 머시마가 떠올랐다 돌밭에 넘어져 코나 왕창 깨져 버려라 속으로만 분풀이했던 그 못된 머시마 그렇게 망설이면 정답이 안 나와요 여기서는 처음 마음이 가는 데를 찍는 게 중요하다니까요 선생님 아무리 봐도 제 마음과 일치하는 답이 없는데 어쩌죠 전 여기서도 못 고치는 희귀병인가요 물으려다 병명이 더 불어날까 두려워 아무 말도 못하고 우울증 약만 한 아름 안고 돌아왔다

연어 축제

연어 축제를 언어 축제로 읽어버린 축제장에
한 수레의 편지가 도착했다

편지는 멀고 험한 바닷길을 지나온 듯
두꺼운 물옷으로 단단히 밀봉되어 있다

늘 강 너머가 그리웠던 사람들이
그립고 긴요한 메시지인 양
빛 바른 탁자 위에 반듯이 올려놓고

물비린내 코를 찌르는 겉봉을 죽죽 찢으면

깨알처럼 촘촘히 박혀 있는 붉은 글자들

오 이렇게 많은 난해한 글자들을
대체 어떻게 해독하란 말인가

글자들을 칼끝으로 갈가리 찢어발겨 보다
혀 위에 올려놓고 잘근잘근 씹어보다
왕소금을 슬슬 뿌려 지글지글 구워보다

고추 마늘 펄펄 끓는 물속에 던져보다

늙은 마을은 한동안 축제처럼 분주하다

숲의 모국어

비만 오면
아기 울음소리가 들린다는
바위 절벽 끝에

등 굽은 소나무 한 그루와
염소 한 마리가 산다

침묵은 그들의 모국어

더 이상 물러설 곳 없는 절벽 끝에서
수많은 낮과 밤을 함께 보냈지만
죽은 솔잎에다 검정콩을 버무려놓은 듯
메마른 배설물의 겹침뿐

서로 말이 없다

간간이 솔가지를 뒤흔드는 바람 소리
입 가진 것들의 알 수 없는 중얼거림은
침묵을 수식하는 한갓 후렴 같은 것
기쁨도 슬픔도 외로움도 견딜 수 없는 분노마저도

오로지 침묵으로 말한다

아기를 업은 채 절벽을 뛰어내렸다던
여자의 신발 속 서러운 사연을
누운 풀인 양 잘근잘근 씹어 삼켰다던
저들에게 침묵이라는 모국어가 없다면

세계는 아기 울음소리 귀를 찢는
오독으로 아우성치는 한갓
소음 덩어리에 불과할지도 모른다

토마토에 관한 몇 편의 시들

자연 시간에 살짝 존 시인과 살짝 안 존 시인이 잘 익은 토마토를 앞에 놓고 채소다 과일이다 실랑이가 벌어졌다

살짝 존 시인이 모양새로 보나 빛깔로 보나 토마토는 과일이다 우기고

살짝 안 존 시인은 토마토는 채소다 분명히 자연 시간에 배웠다 우기고

급기야 백과사전을 펼치고 그들에게 씹혀 형색이 모호해진 토마토는 다시 백과사전 티읕 줄로 돌아가서

토마토: 가짓과에 속한 한해살이 채소. 키는 1미터이고 잎은 깃 모양으로 겹잎이 어긋나며 여름에 노란 꽃이 잎겨드랑이에 열린다. 동글동글한 열매가 붉게 익는데 이 열매는 90퍼센트가 수분이며 카로틴과 비타민C를 함유하고 있어 널리 식용된다. 남아메리카 열대 원산으로 흔히 밭에서 재배함.

눈으로 보고도 납득이 안 가는 살짝 존 시인이 백과사전을 덮고 잘 익은 토마토를 바라보며 토마토에 관한 통속 시

를 다시 쓴다

토마토: 겉과 속의 색깔이 같다
단맛은 적고 향기도 미약하다
줄기가 연약해 비바람에 약하다
먹으면 배가 부르고 힘이 난다
풋것을 먹으면 배가 아프다

돈키호테 씨 해물 뚝배기를 내리치다

산에 가면 산적을 잡아내고 바다에 가면 해적을 잡아내는 만고강산에 소문난 정의의 기사 돈키호테 씨

오늘 때가 와서 갯비린내 등천하는 남도 바닷가 밥집에서 김이 팡팡 치솟는 해물 뚝배기 반상을 받았는데 치솟은 김에 눈앞이 흐릿해진 돈키호테 씨

하얀 김 속에 해물 뚝배기를 그만 흰 수염 휘날리며 석 자 칼을 휘둘러 바다를 회 치고 다닌다는 조국의 철천지원수 해적 버키니어로 착각한다 돈키호테 씨

밥상을 홰치다 들킨 수탉처럼 푸드득 밥상을 박차고 일어나 다짜고짜 검을 치켜들고 버키니어 머리통을 내리치는데

날벼락 맞은 듯 폭삭 주저앉은 해물 뚝배기 뻘건 해물 국물과 함께 밥상 위에 나동그라진

홍합 조개 새우 미더덕 꽃게 멍게 소라고둥 오징어

놀란 종업원이 쫓아와 머리를 조아리자

핫핫 여보게 산초 판사 짐이 방금 조국의 철천지원수 버키니어를 해치웠도다 돈키호테 씨 의기양양 턱을 치켜들고 입 짝 벌린 오싹 오그려 붙은 해물들을 검 끝으로 이리저리 찔러보더니

핫핫핫 네놈이 창자에다 갑옷을 입혀 놓는다고 짐의 검을 피할 줄 알았더냐

죽은 해물들의 작은 등을 일일이 내리치고 있다

구더기가 돼버린 천재 시인의 시를 읽다가

책을 버렸다 원고료 없는 청탁서를 수시로 보내 주던 책을 버렸다 원고료는 구독료로 대신하겠다는 책을 버렸다 한 끼 반찬값도 안 되는 원고료를 보내주던 책을 버렸다 판판이 자기 사조만 주장하는 책을 버렸다 약력이 여우 꼬리마냥 긴 책을 버렸다 우리글을 남의 나랏글로 덧칠한 책을 버렸다

아슬아슬 끝까지 남은 책 몇 권이 막차 안의 승객처럼 이리저리 흔들리고 있었다

책을 버렸다 빈 책꽂이를 버렸다 책꽂이가 있던 자리에 우리 형제자매 공통 취미인 고도리 하우스를 만들었다 한 끼 공짜 밥을 걸고 새가 갑이었다가 꽃이 갑이었다가 피 껍데기가 갑이었다가 똥이 갑이 되기도 하는 판판이 새로운 세상이 펼쳐지는 주말 하우스를 만들었다 책을 주워 간 노인이 다음을 부탁하며 요구르트 한 줄을 주고 갔다 짐작조차 못한 수익이다

역사의 역사

붉은 고딕체로 도배된 TV 자막 속의 사고 속보에는 윤활유 통을 싣고 터널 앞 내리막길을 달리던 트럭이 터널 옆 콘크리트 벽을 들이받는 충격으로 윤활유 통에 불이 나 트럭 운전자와 사고 현장을 지나가던 자가용 운전자 2명과 영아 1명이 숨졌다고 보도됐다 몇 시간이 지나니 그 영아가 애완견이라고 정정 보도됐다 몇 시간이 지나니 애완견이 아니라 영아라고 다시 정정 보도됐다 몇 시간이 지나니 영아도 아니고 애완견도 아니고 사고 피해자의 몸이 심하게 불타서 형체를 알아볼 수 없어 오인한 것이라고 보도됐다 결국 그 사고로 70대 남자 1명과 50대 20대 여자 2명이 사망했고 부상자 5명과 차량 9대가 불탔다고 최종 보도됐다

사고를 직접 간접으로 당한 유가족과 사고 주변의 뭇 생명들의 정신적 육체적 피해는 아예 보도되지 않았다 구름은 그 자리에 없어 큰 화는 면했다

정확히 반이라고 규정할 수는 없지만

그와 나는 오랜 지기다
그와 나는 속마음을 반만 드러내는
습관을 공유하고 있기 때문에
서로의 말을 반은 알아듣고
반은 알아들을 수 없다 또한
욕망이나 질투심이나 분노 같은
속마음을 드러내기 싫어하는 공통점이 있기도 해서
그의 가정사도 심지어는 심각한 고백조차도
반만 알아들을 수밖에 없다
그가 불쑥 밥 한번 먹자고 하면
나는 그의 밥 한번이 가리고 있는
나머지 반의 밥에 대해 열심히 분석한 뒤
그와 밥 한번 먹으러 간다
그와 내가 미소 띤 얼굴로 소곤소곤
밥을 먹거나 차를 마시는 모습을 보고
참 보기 좋다 참 잘 어울린다
그와 나의 관계를 궁금해하면
그와 나는 약속이나 한 듯 찡긋 눈을 맞춘 뒤
적당히 웃음으로 얼버무리곤 한다
한나절을 그렇게 만나고 헤어진 뒤

핸드폰 문자로 작별 인사를 나누는 습관도 공유하고 있어

오늘 참 즐거웠어요
오늘 한 말 아무에게도 말하지 말아줘요
다음에 또 만나요

똑같은 시간에 똑같은 내용의 문자메시지를 주고받는
기적을 공유하기도 한다

나와 눈이 마주치지만 않았다면

가을을 지나가다 하룻밤 머무는 절 방

절 뒷덜미에 걸려 있던 손톱달도 사라지고 풀벌레마저 울음을 멈춘 늦가을 산사는 어둠으로 강정을 빚은 듯 검고 고요하다 강정 속에 박힌 콩알 같은 절 방 30촉 알전구 밑에 오도카니 앉아

천지간에 나 홀로 남겨진 것같이 쓸쓸하고 서러운 마음인데

바퀴벌레 한 마리가 붉은 더듬이를 휘저으며 종이 문을 밀고 들어온다 오래 배를 곯았는지 등가죽이 눌러놓은 듯 홀쭉하다

나는 그에게 내가 가진 무엇이라도 나누어 주고 싶은데 나와 눈이 마주치자마자 파르르 달아나 버린다

나는 다시 쓸쓸하고 서럽고 안타깝기까지 하여 이불을 푹 뒤집어쓰고 눈을 감아보는데

산기슭 젖은 낙엽더미를 홀로 기어가던 인동초가 생각나

고 저녁 예불 때 마주친 눈이 젖은 솔방울 같던 여승이 생각나고 절이 뱉어놓은 한숨 같은 희뿌연 저녁 어스름에 휩싸여 일반인 출입 금지 팻말 속으로 사라져간 그 여자 고장 난 스크린처럼 세계를 까맣게 지워버리고 떠나가던 그대 뒷모습이 생각나고

오오 나와 눈이 마주치지만 않았다면 쓸쓸하지도 서럽지도 안타깝지도 않았을 꽃이여 벌레여 내 사랑이여

이 밤 뜬눈으로 서러움뿐인데 누가 또 눈 뜨려 하는가

어둠을 꽝꽝 내리치는 새벽 범종 소리

파계

초록이 사태 지는 숲길 한복판에 지렁이 한 마리가 죽어 있다 죽어 휘어놓은 철사 조각처럼 꼬꾸라져 있다

검은 허리를 졸라맨 개미들이 일렬로 다가와 주검에 코를 박고 어깨를 들썩거리는 듯 보이지만 어떤 울음소리나 조문의 말은 들리지 않는다

지렁이는 왜 기름지고 안전한 땅속 길을 두고 메마른 죽음의 길로 걸어 나왔을까

수직의 설산을 처연히 기어오르던 사람처럼 그에게도 목숨을 내걸 만한 불가항력의 어떤 이끌림이 있었던 것일까 아니면 덥석 금단의 열매라도 베어 물어버린 것일까 아서라

나는 에덴동산에서 쫓겨난 이브의 딸 저들의 말을 한마디도 알아들을 수 없다 날마다 만나도 날마다 생면부지다

검은 까마귀 떼가 소리소리 지르며 숲의 정수리를 맴돌고 있다

저 새가 불길하다며 일손을 멈추고 퉤 퉤 퉤 침을 세 번 뱉던 어머니처럼 저들을 향해 퉤 퉤 퉤 침을 세 번 뱉는다

아담 당신은 왜 침을 세 번 뱉지 않나요 이제 와서 나를 사랑한 걸 후회하는 건 아니겠죠 날 사랑한다면 어서어서 퉤 퉤 퉤 침을 세 번 뱉어주세요 네

이 숲속에 당신의 말을 알아듣는 자가 나 말고 누가 있어요 제발

제3부

어머니는 그녀보다 입이 작았다

신부 웃각시 간다고 곱게 한복 단장을 하고 나간 어머니가 얼굴이 빨갛게 들떠서 돌아와선 마룻바닥에 주저앉아 큰 소리로 울었다는데

이유인즉 어머니가 재취라는 사실을 알아낸 신부 어머니의 반대로 웃각시를 거절당한 것이었다는데 아버지와 혼인한 지 십 년이 다 되어가는 어머니도 처음 듣는 그 사실에 놀라고 분한 울음이었던 것이었는데 뒤에 알고 보니 막내로 태어나 조실부모한 아버지가 누이처럼 의지하던 형수의 집안 처녀라고 선도 보지 않고 초례청에 서게 되었는데 초례청에서 처음 본 신부의 커다란 입이 도무지 마음에 안 들어 신방에 들지도 않고 집을 뛰쳐나가고 말았다는데 신부가 되돌아갔다는 소문을 듣고서야 집으로 돌아왔다는데

나는 그 사실을 안 이후 어머니 아버지의 서로 위해 주는 다정한 모습을 볼 때마다 첫날밤도 못 치르고 소박맞은 입이 커다란 그 이름 모를 여자가 생각나곤 했는데 커다란 입술을 울먹이며 굽이굽이 산을 넘고 들을 지나 홀로 되돌아갔을 그 어린 여자를 생각하면 죄인의 자식인 양 아버지가 원망스러워지곤 했는데

한편으론 어머니의 입이 그녀의 입보다 작은 것이 얼마나 다행인지 가슴을 쓸어내리곤 했는데

여장 남자 재첩 장수

재첩국 사이소
재첩국 사이소
싱싱하고 맛 좋은 하동 재첩국 사이소
아침마다 남도 여자 목소리로
마을을 훑고 지나가는 재첩 장수

지난밤 술독에 빠져 아슬아슬
목만 살아남은 남편을 위해
아내가 새치름히 눈을 흘기며
재첩국을 사러 나간다

물일을 하다 방금 올라온 듯
물때 얼룩진 고무 앞치마 차림의 사내가
벙어리 애인처럼 말을 참으며
싸늘하게 식은 재첩 봉지를 건넨다

마누라 바람날까 봐
바깥출입도 제대로 못하게 하는
소심한 술주정뱅이 사내가 듣고 있다는 걸
어떻게 알아냈을까
재첩 재첩 재첩 장수

나는 가끔 남동생을 오빠라 부른다

아직까지도 꼬박꼬박 생활비를 벌어다 주는
남편이 있긴 하지만

남편보다 훨씬 더 젊고
돈도 더 잘 벌고
사회적 직위도 높은 남동생이
자기 부부 여행 갈 때 우리 부부를 끼워주거나
눈이 휘둥그레지는 멋진 풍경을 보여 주거나
멋진 풍경을 배경으로 맛난 음식을 사주면

오빠야 고맙데이 콧소리 한다

그러면 남동생은
믿음직한 능력자 우리의 오빠야로 변신하여
인터넷으로 섭렵한 여행지에 대한 정보를
우리 부부가 잘 알아듣게 차근차근 설명도 해주고
멋진 풍광을 배경으로 기념사진도 찍어주고
지역 특산물도 챙겨서 사주고 돌아올 땐
우리 집 앞까지 정확히 태워다 준다

그러면 나는
오빠야 오늘 진짜로 고맙데이
꾸벅 절이라도 하고 싶은데

남편이 까칠한 표정으로
처남 오늘 수고 많았네 다음에는 내가 살게
나의 믿음직한 능력자 오빠야를
단숨에 손아래 남동생으로 돌려보내 버린다

그러면 남동생 부부는 우리 부부에게
꾸벅꾸벅 목뼈를 꺾는다

3·1절 특선 영화

아직도
유관순 열사를
유관순 누나라 부르고
일본군 윤간 피해자를
일본군 위안부라 부르는
대한민국 3 · 1절 아침

햇볕 좋고 바람도 산들산들
산으로 갈까 바다로 갈까 망설이다
나는 그래도 대한민국 시인이고 여자니까
3 · 1절을 맞아 존경하는 윤동주 시인과
일본군 윤간 피해자를 재클로즈업한 영화
『동주』와 『귀향』을 보러 영화관으로 갔다

차마 눈 뜨고는 못 볼 참혹한 장면이 나오면
평소 습관대로 눈을 질끈 감거나
두 손으로 입을 틀어막았으므로
비명 소리 울음소리 귀를 찢는 3시간 30분 동안
비명 한 번 눈물 한 방울 흘리지 않았다

아무리 그래도 나는 대한민국 시인이고 여잔데
비명 한 번 눈물 한 방울 흘리지 않은 것은
평소 습관도 습관이지만
그 당시 어린 처녀였던 어머니가 몸이 약해
잡혀가다 풀려났기 때문이라 생각하다
아직도 일본군 윤간 피해자를
일본군 위안부라 부르기 때문이라 생각하다
유관순 열사를 유관순 누나라
부르기 때문이라 생각하다
생각하다 생각만 하다

가로등 환한 밤길을 조금 걸었다

성냥과 피임약

꿈에 죽은 어머니가 오셔서 어서 전쟁 준비 하라며 뚜껑도 안 뜯은 사각 성냥 한 통을 주고 가셨다 뚜껑을 열어보니 태평양전쟁 때 일본군 성 노예로 끌려가다 피를 토하고 풀려난 어린 어머니의 핏빛 무명 저고리가 오도카니 꿰어있고 그때 끌려간 수많은 어린 처녀들의 짓뭉개진 아랫도리가 줄줄이 꿰어있고 6 · 25때 연합군 흑인 병사들에게 윤간당하고 숯검정 같은 핏덩이를 안고 시퍼런 못물 속에 뛰어들고 말았다는 순자 이모 퉁퉁 불은 젖가슴이 꿰어있고 밥을 먹다 벗은 발로 북으로 끌려간 남편의 신발을 댓돌 위에 올려놓고 유복자를 홀로 키웠다는 당숙모의 쩍쩍 부르튼 손이 꿰어있고 피난 행렬 속에서 성냥이 든 지전 주머니를 쓰리 당하고 눈앞이 캄캄해지도록 굶었다는 어머니 어머니의 쪼그려 붙은 배꼽이 꿰어있고

나는 어머니 말씀대로 성냥과 양초와 조리하지 않아도 먹을 수 있는 먹을거리와 상비약과 최신식 현금 전대와 나와 딸아이를 위해 가스총과 피임약 몇 통을 샀다

도마와 침대 사이

조용히 등을 돌리고

옷을 홀랑 벗기거나
마구 주물럭대거나
속을 확 뒤집거나
오독오독 쥐어뜯거나
잘근잘근 난도질하거나
달달 볶거나
펄펄 끓는 물속에 집어넣거나
꼬챙이를 쑤셔 박거나

아무도 끼어들지 않았다

도마와 침대 사이

암탉들

날마다 입덧하고
날마다 산고의 비명을 내지르는
자궁이 닳고 닳아
삭은 고무 패킹처럼 헐거워지면
곧바로 목에 칼이 들어오는

생이 통째로 생지옥인 너는
악몽에서 막 깨어난 듯
눈알이 휘둥그레 탈출구를 찾아보지만
문 없는 쇠창살은
한 발짝 운신조차 힘들다

거친 밥 몇 톨 던져주고
네 산고를 지켜보고 있는
낳자마자 탁탁 깨부숴 불속에 던져버리는
싸늘하게 식은 눈빛들을 보라

네 손아귀에서 벌벌 기다
만신창이가 되어 죽어간

네 전생의 악업을 속속들이 다 알고 있는

저 눈빛 눈빛들

붕어빵 굽는 여자

아비 없는 딸 하나 안고
밤중처럼 돌아왔다 그 여자 그날 밤
불 꺼진 단칸방에서 홀어미와 밤새도록
옥신각신하더니 어둔 새벽 자는 아이 들쳐 업고
다시 집 나갔다 사흘도 못 넘기고
다시 돌아왔다
파리한 쪼끄만 입술에서 술 냄새 담배 냄새가
죽은 나프탈렌처럼 스쳤다 그 여자
밤을 새고 돌아온 날
어둑한 부엌 바닥에 아이 끼고 앉아
코를 훌쩍이며 늦은 아침을 떠먹였다

그 여자 시장 모퉁이
여름 내내 얼음 쌓여 있던 자리
활짝 되바라진 비치파라솔 그늘에서
때 이른 붕어빵을 굽고 있다

새로운 남자를 만났을까
새 남자는 잘해 줄까
딸은 호적에 올려주었을까

나는 궁금해서 그녀를 맴돌고 있는데
나를 모르는 척 덜컹덜컹
설익은 붕어빵만 뒤적이고 있다

자동차들 폭풍처럼 지나가는 시장 모퉁이
활짝 되바라진 비치파라솔 그늘에

오도카니 서서

동백섬 동백 타워

바다가 배꼽 위에
섬을 올려놓고 천 년 전의
치마를 벗기고 있다

처음인 듯 다시
몸이 달아오른 늙은 동백나무들
왈칵왈칵 붉은 꽃송이를 토해 내고

소심한 태양이
올이 촘촘한 은사 커튼을 펼쳐

눈부신 꽃 섬의 실루엣

불멸의 아름다움을 넘보는가

일제히 꽃섬 쪽으로 창을 낸
동백 타워 레이스 커튼 꽃주름 사이로
살빛이 백납 같은

여자 한 송이

비스듬히 꺾꽂이 되어있다

가을비 후렴

손마디가 해삼 토막 같은 여자

자식들 몰래 술을 배웠지만
남자 앞에서는 수줍어서 고개도 못 드는 여자

가을비에 뜸해진 손님 핑계로
안주도 없는 소주 한 병을 다 비우더니
삼십 년 과부 신세 후렴이 시작되는가 했는데

나는 요새 그기 하고 싶어 죽것다야
기어이 19금 폭탄을 터뜨리고 만다

폭탄 맞아 우르르 그녀 쪽으로 쏠려버린
상설 시장 노점 골목
더 센 폭탄을 예상한 단골 여자들이
물 만난 고기처럼 그녀를 에워싸고
그녀의 조개는 까기도 전에 동이 나버리고
가난보다 더 가난했던 그녀의 아랫도리는
이슬 머금은 꽃잎처럼 촉촉이 벙그는데

등 뒤 장터보신탕집
검은 머리 흰머리 사내들
눈도 귀도 없는 듯
보신탕 뚝배기에만 코를 박고 있다

뜻밖의 아름다움

낯선 트럭이 부려놓고 간 저것은
콜타르 냄새 코를 찌르는 거대한 검은 혀

혀를 운반하던 노역꾼들이 이미 자취를 감춰버렸으므로
어디서 온 누구의 혀인지 아무도 모른다

마을을 집어삼킬 듯 거대한 검은 혀의 감촉에 놀란
검은 바퀴들이 포식자를 달아나는 파충류처럼
파르르 달아나기 바쁘고
서로 먼저 달아나려다 바퀴가 뒤엉켜
멀쩡하던 마을 사람들이 혀 밖으로 나가떨어져 죽었다느니
그 자리에서 옴짝달싹도 못 하는 불구가 돼버렸다느니
어미 아비도 못 알아보는 망나니가 돼버렸다느니
망나니 자식을 기다리던 어미 아비가 구더기 밥이 돼버렸
다느니

사람의 역사에서 전무후무한 검은 혀의 괴담이
마을에서 마을로 일파만파 퍼져나간다

그런가 하면 그 검은 혀에게 꽃다발을 바치는 듯

우윳빛 종아리를 살랑살랑 저어가는
꽃잎 무늬 레이스 치마 꽃잎 파라솔 여자는

검은 혀의 괴담을 무색게 하는
뜻밖의 아름다움이다

봄 산벚나무

어머니가 도망가는 꿈을 꾸고 울다 지쳐 잠 깬 날

머리맡에 돌아앉아 나를 돌아보던 분내 코를 찌르던 연분홍 어머니

그런 날엔 어머닌 읍내 머리하러 가는 동네 처녀들 속에 섞여 보였다 안 보였다 아지랑이가 돼버리던

첫사랑

밥보다 술을 더 좋아하던 남자
보신탕 국물에 흰밥을 말아 먹던 남자
화가 나면 밥상을 뒤엎던 남자
거짓말을 하면 말을 더듬던 남자
산에 가면 산열매 들에 가면 들 열매를
두 손 가득 쥐여 주던 남자
한밤중 불덩이가 된 나를 들쳐 업고
십 리 자갈길을 뛰어서 약방 문을 부수던 남자
그날 내 심장에 쿵쿵 박히던 가쁜 숨소리
나를 불끈 끌어안고 드나들던
딱딱하고 축축한 손길 지워지지 않아
도무지 지워지지 않아
글로는 양성평등 동물 보호를 외치면서도
아직 페미니스트도 채식주의자도 되지 못하였네

지금은 아련히 꿈결에서나 만나는
술쟁이 화쟁이 말더듬이 남자 하나 때문에

슬픔을 포개다 1

엄마가 죽었다
아기 고양이 엄마가 죽었다

아기 고양이는
엄마가 죽은 줄도 모르고
죽어 쓰레기통에 내던져진 줄도 모르고
엄마를 기다리고 있다
울지도 않고 기다리고 있다

눈이 퉁퉁 부은 내 슬픔을
아직 울음이 시작되지 않은
아기 고양이의 슬픔 위에 포갠다

아기 고양이가 운다
입맛을 다시며 사방을 두리번두리번
없는 엄마를 찾으며 운다

아가야 배고프지
엄마 보고 싶지

나는 검은 브래지어로 봉해져 있던
퉁퉁 불은 내 젖가슴을 꺼내
아기 고양이의 입에 물려 준다

눈이 퉁퉁 부은 내 슬픔은
세상에서 가장 위험하고 가련한 짐승의
슬픔과 포개졌다

슬픔을 포개다 5

막 주차되는 자동차 엔진룸을 전전하며
춥고 배고픈 긴긴 겨울밤을 견디고 있는
길고양이가

따뜻한 안방 아랫목 비단 솜이불에 파묻혀
쌔근쌔근 단잠에 빠져있는
집고양이를 두고

부럽다느니 억울하다느니
지극히 통념적인 질투를 했다면
오산일 가능성이 높다

양손에 꽃다발과 케이크를 들고
차에서 내리는
턱이 두 개인 저 사내를 맞이하는
여자의 입이 한 발로 튀어나왔다고 해서

생일인 줄 알면서 지금 들어오는 거야
이따위로 살려면 차라리 갈라서자
지극히 통념적인 바가지를 긁을 것이라 예상했다면

오산일 가능성이 높다

한밤중 불쑥 야행성이 치밀어
온몸에 불이 붙은 듯 창문을 긁어대다
성난 불독 같은 사내의 발에
쥐도 새도 모르게 밟혀 죽을 뻔했으니까

답답한 비단 솜이불 잠이
죽기보다는 나으니까

슬픔을 포개다 7

어젯밤 동네가 떠나갈 듯 울고불고 난리 치던 여자 오늘 아침 일 나간다 채 마르지 않은 머리칼이 애써 감춘 눈물 같지만 입술 앙다물고 또각또각 걸어 나간다 애걸복걸 눈물보따리 같았던 그녀의 연애가 또 깨졌나 보다

그녀가 사라지자 혼자 남은 그녀의 애완견 말티즈가 운다 엄마 잃은 아이처럼 구슬피 운다 우체부 붉은 오토바이가 지나간다 편지 없는 편지함을 덜컹덜컹 흔들어놓고 지나간다 애완견 말티즈가 운다 겁먹은 아이처럼 운다

봄꽃 만발한 공원 길을 길고양이가 지나간다 엉덩이를 갈지자로 출렁이며 지나간다 곧 새끼를 낳을 모양이다 가슴 저리는 그리움도 간곡한 사랑의 증언도 없이 몸을 섞고 새끼를 내질러 놓는 저들의 경박한 연애관을 얼마나 경멸했던가

애완견 말티즈가 운다 버려진 아이처럼 운다 저 울음이 그치려면 그녀가 돌아와야 되는데 그녀는 밤이 깊어야 돌아오는데 지상의 누군가가 저리도 구슬피 울고 있는데

저토록 환하고 고요한 햇살들 꽃들 꽃나비들

아무래도 저들은 이 세상 소속이 아닌가 보다

슬픔을 포개다 8

마을 도서관에서 빌린 책갈피 속에 머리카락 한 올 박제되어 있다 살짝 휘어진 기다란 머리카락이 여자 머리카락임이 틀림없다 반려견이 죽는 장면에서 자신도 모르게 눈물이 쏟아졌는지 종이가 몇 군데 휘어진 채 박제되어 있다 누구일까 누구이기에 저자도 희미한 이 무지막지 우울한 책을 빌려 보았을까 사랑은 해봤을까 이 책 속의 주인공처럼 말 못 할 상처 때문에 아예 사랑도 결혼도 포기한 모태 솔로일까 목숨 같은 반려견의 죽음 앞에서 울음을 멈출 만한 대책은 있었을까 한번 만나보고 싶다 마주 보며 차 한잔 나누고 싶다 그러나 그녀에 대해 아무것도 아는 것이 없다

그녀의 눈물 젖은 머리카락 위에 내 눈물 젖은 머리카락을 포갠다

이제 그녀와 나는 소도시 귀퉁이 마을에서 밤낮없이 머리를 맞대고 살아갈 것이다

조금 위로가 되었다

제4부

잔디 광장

잡초 뽑는 여자들이 납작 엎드려 훑고 지나간 시청 앞 잔디 광장은 초록 콜타르로 미장을 한 듯 초록으로 만장일치다 만장일치로 주저앉아 있다

날 선 구둣발이 머리통을 마구 짓밟아도 구린 엉덩이로 숨통을 틀어막아도 만장일치로 침묵하고 만장일치로 인내하는 저 무지막지한 평화주의자들

가까이 가서 보니

아무도 들고 일어나지 못하게 서로의 오금을 꺼당기고 있다 핏줄이 시퍼렇게 뒤엉켜 안간힘을 쓰고 있다

초록에는 제 살을 꼬집으며 참는 긴긴 설움의 가족사가 있다

고등어

수만 마리 철갑상어 떼가 밟고 지나갔다

비늘 한 점 남지 않은 등짝에
아로새겨져 있는 날카로운 멍 자국

숨통을 조여오는 그물을
말없이 몸부림치고 있는
물미역보다 푸르고 미끄러운 네 육체는
비루한 혈통을 증명하는
선명한 이미지일 뿐

너는 너를 지배할 수 없다

푸줏간의 식칼 더미 같은 고등어 상자를
쿵—
시장 바닥에 내려놓는 여자

목청이 사막여우 같은 여자

등짝에 달려 있는 아이의 머리통이
염소 새끼처럼 검다

장마

녹슨 양철 지붕 우리 집 빗소리 아버지 비지땀 흘리며 못질하는 소리 같은 늦은 밤 어머니 손틀 바느질 소리 같은 우리 집 빗소리 비가 오는 동안 밥에서도 옷에서도 책에서도 이부자리에서도 나는 소리 우리 집 빗소리 배고플 때 들으면 배가 더 고픈 소리 화날 때 들으면 더 화나는 소리 눈물 날 때 들으면 더 눈물 나는 소리 우리 집 빗소리 가는귀가 먹은 우리 아버지 싸움닭처럼 목소리가 큰 우리 가족 아버지가 말없이 집을 비우던 날 어머니가 켜놓은 귀가 따갑던 라디오 소리 패대기를 치고 싶은 소리 천리만리 도망치고 싶은 소리 이미 귀에 못이 박혀 버린 소리 옆집도 앞집도 모르는 우리 식구들만 아는 소리 우리 집 빗소리

큰길에서 쓴 시

태양이 사태 지는 큰길
우회전 신호를 받은 군용 트럭에
시퍼렇게 무장한 군인들이 실려있다
귓바퀴에 이력표가 부착된
엉덩이가 지저분한 암소들이
그들과 나란히 실려있다
그들은 서로 옆구리가 맞닿은 자세로
가느다랗게 울음소리를 내거나
먼 데를 바라보고 있다
그 옆 로또 가게 앞
휠체어에 주저앉은 사내가
로또 용지를 두 손 안에 품고
기도를 하고 있다 세상에서
가장 간절한 기도를 연기하는 배우처럼
두 눈을 꼭 다물고 중얼중얼
낡은 여름 셔츠가 땀으로
걸레 뭉치처럼 허물어져 있다

큰길은 늘 무심했다

그들과 메마른 입술을 포개가며
찬물 한 바가지 나눠 마시고 싶다
그 허망한 노고와 갈증을 달래주는
찬물 한 바가지 같은 시를 쓰고 싶다

하지만 그들은 이미
뿔뿔이 흩어져 보이지 않고

내가 쓴 시는 멀거니
나만 바라보고 있다

삼류 시인

남자에게 끌려간 아이가
사타구니가 만신창이로 찢어진 여자아이가
생피를 쏟으며 죽어가고 있는데

운문 형식 산문 형식 따지며
저 여자아이에 관한 시를 써도 괜찮을까

가난한 비정규직 청년이
안전장치도 없는 컨베이어 벨트에 몸이 끼어
몸이 동강 나 죽었는데

원관념 보조관념 따지며
저 청년에 관한 시를 써도 괜찮을까

쇠창살에 갇힌 닭들이
손톱 발톱 부리를 빼앗긴 수많은 닭들이
밤도 낮도 없이 알을 빼다 살처분되었는데

은유법 환유법 따지며
저 닭들에 관한 시를 써도 괜찮을까

늙고 병든 사람이
자식들에게 폐 될까 봐
말없이 앓다 구더기 밥이 되었는데

비장미 숭고미 따지며
저 구더기 밥에 관한 시를 써도 괜찮을까

행 구분 연 구분 운율까지 딱딱 들어맞는
이런 시를 써도 정말 괜찮은 걸까

장미와 미꾸라지

추어탕을 끓인다
추어탕의 진 맛을 내기 위해선 어두운 뻘밭에 대가리 쑤셔 박고 한 세월 견딘 놈을 골라야 된다

내 손에 넘어온 그들은 심하게 약이 올라 길길이 날뛰고 있었다

나는 그들의 마지막 유언을 위해 마른 고무 대야에 쏟아 놓고 왕소금 두어 주먹을 뿌리고 늙은 호박잎을 덮어준다

그래그래 난 장미가 되는 게 꿈이야
그래서 온몸에 장미 향수를 뿌리고 다녀

나는 그들이 토해 낸 뻘 나라의 서러운 사연에 일일이 고개를 끄떡여 주고 그들의 유언대로 추어탕을 만든다

푹 고아 뻘 것의 기억이 각인되어 있는 머리와 뼈는 버리고 살을 발라낸다 발라낸 살을 직립의 푸성귀와 버무려 다시 푹 곤다

그래도 남아있는 지독한 뺄 것의 혐의

마지막으로 지상에서 가장 독한 성질을 지닌 파 마늘 생강 고추 산초 방앗잎을 차례차례 다져 넣는다

어머닌 평생 흙만 뒤적이다 흙이 되셨다

봄봄

산1번지로 시작되는 그곳엔 끝물 강냉이처럼 밀려난 집들이 높은 아래를 향해 납작 무릎 꿇고 있다

그 무릎에 알뜰히 기댄 스티로폼 화분에 다닥다닥 옮겨 심어놓은 봄 푸성귀들 뿌리를 내리느라 모가지가 해쓱하다

산새 소리 왁자한 아침이 오면 쏟은 물처럼 아래로 아래로 내려가는 사람들

하드 통이 다시 문밖으로 불거져 나온 구멍가게 앞 비닐 평상 위 낮술을 삼키는 사람 몇 어깨가 몹시 기울어있다

그 어깨 너머 심각하게 이마를 맞댄 아직 이마에 피도 안 마른 동네 조무래기들 말끝마다 욕지거리가 골목이 짜랑짜랑한다

저들에겐 날이 어두워지면 젖은 행주처럼 흠뻑 지쳐서 돌아오는 어미가 있다 아비가 있다

지난봄 아래로 아래로 내려갔다 아직 돌아오지 않은 어미가 있다 아비가 있다

토끼 이야기

우리에 감금된 채 산 채로 털을 빼앗기고 온몸을 난자당해 죽는 짐승이 있다

피비린내 앙등하는 주검 위로 불덩이 같은 해가 뜨고 해가 지고 천 년이 흘렀다

살아서 우리를 벗어날 것이라는 기대는 천 년을 하루같이 귀를 쫑긋 열어놓고 빨갛게 뜬눈으로 지새우게 한다

등을 바짝 웅크리고 낮고 연한 풀잎만을 고집해서 먹는 것은 밀림의 시절 검은 부리 독수리를 피하려다 붙은 어쩔 수 없는 습관이겠지만 그것이

살결을 연하고 향기롭게 하고 털을 솜처럼 부드럽고 따뜻하게 하는 치명적인 결점이 되고 말았다

천 년 동안 수많은 신이 그들의 우리를 다녀갔지만 그들에게

등을 쭉 펴라든가 낮고 연한 풀잎은 먹지 말라든가 우리를 빠져나가는 기술을 귀띔해 주지는 않았다

알 욕구 피라미드

박혁거세도 알영부인도 알퐁스 도데도 알자지라도 알통치킨도 알 위에 알이 있다는 말도 듣도 보도 못한 그들은 마트 알 코너에서 이름과 신분이 편성되었다

알 코너 맨 밑자리 상시 행사가
30개들이 비닐 거푸집에 갇히면
순수란
순수란 위에 순수란보다 알이 다섯 개 줄어든
무색소 무항생제 무농약 마크가 첨가되면
신선란
신선란 위에 신선란보다 알이 다섯 개 더 줄어든
목초 먹은 인증마크가 부착된 종이 거푸집에 갇히면
영양란
영양란 위에 영양란보다 알이 다섯 개 더 줄어든
약초 지네 먹은 인증 마크가 부착되면
황금란
황금란 위에 황금란보다 알이 다섯 개 더 줄어든
자연 방목 인증 마크가 부착된 백옥 거푸집에 갇히면
유정란

박혁거세도 알영부인도 알퐁스 도데도 알자지라도 알통 치킨도 알 위에 알이 있다고 믿는 대부분의 사람들은 마트 알 코너에서

이름과 신분이 재편성되었다

시작 노트

수도원 묵은 담을
훌쩍 넘은 목련 나무는
짧디짧은 꽃 시절을 보내고
푸른 일상으로 돌아갔다

뜰 안에는 자작자작 타오르는
작약 영산홍 꽃 더미

텃새들도 모르는 이른 새벽
발목까지 잠기는 검은 수도복에
검은 두건을 쓴 수녀들이
안개 걸음으로 기도실로 갔다

나는 묶인 짐승처럼
검은 방구석에 우두커니 앉아

낮에 보았던 영산홍 꽃 더미를
영산홍 꽃 능이라고 꽃 능을 파헤치면
빰이 뽀얀 먼 왕조의 어린 공주가
꽃 비단 이불에 싸여 잠들어 있을 것이라고

꽃 시절도 천국도 지옥도 모르고 죽은
내 어린 동생도 어머니도 아버지도
그렇게 고이고이 잠들어 있을 것이라고
상상했다 다른 별 도리가 없었다

엄나무 알레르기

가시가 워낙 사나워서
귀신도 슬슬 피해 간다는 엄나무를
활짝 핀 진달래꽃 숲에서 보았다

바람이 불 때마다
가시에 닿을 듯 흔들리는 꽃잎을 보면
폭군 앞에 끌려 나온 맨살의 어린 궁녀처럼
온몸에 소름이 치솟는 것은

귀신을 쫓는다며 엄나무 가지를 휘둘러
온 집 안을 갈기갈기 찢어놓던 눈썹이 송충이 같던
박수무당이 떠오르기 때문이고
뱀을 잡으려다 엄나무 가시에 넘어졌다는 땅꾼 영감의
허옇게 뒤집힌 눈동자가 떠오르기 때문이고
주인 딸을 넘보다 엄나무 곤장을 얻어맞고
동이 피를 쏟으며 멍석말이 되었다던
옛날이야기가 떠오르기 때문이고
아버지가 너무 엄해 죽어버렸으면 좋겠다던
엄나무 가지가 다발째 꽂혀 있던 고방에서
속옷까지 몽땅 갈아입고 몰래 읍내로 나가던
옆집 살짝 곰보 언니가 떠오르기 때문이고

전문가들

외손잡이 포클레인이 계곡의 창자를 물어뜯고 있다 계곡은 악악 단말마의 비명을 내지르며 시뻘건 생피를 쏟았지만 도망치지는 않는다

낯선 소리 낯선 물빛에 놀란 물총새 물잠자리가 황급히 계곡 밖으로 몸을 피한다 피하긴 피하지만 가히 멀리 가지는 않는다

구름에 빠진 태양이 삶은 곤달걀처럼 희미해졌지만 길을 바꾸지는 않는다 그냥 그대로 간다

포클레인 운전사가 포클레인 위에서 혼자 도시락을 먹는다 물을 꿀렁꿀렁 잇속을 씻어내고 헝클어진 머리카락을 가다듬고 핸드폰을 만지작거리지만 자리를 옮기지는 않는다

동에 번쩍 서에 번쩍 잘나가던 막내는 하던 일을 제쳐놓고 세상에서 제일 잘 본다는 암 전문의를 찾아 새벽 기차를 탔다

내가 사랑한다 밥 떠먹여 주고 쓰다듬어주고 시 읽어주는 저 꽃은 마디마디 가시를 곧추세우고 하늘만 바라보고 있다

눈물을 리모델링하다

묵은 집을 리모델링하기로 했다
최대한 친환경적으로 해달라고 주문했는데
천장은 뭇별이 총총한 포인트 벽지
바닥은 자작나무 무늬 비닐 장판
벽은 개망초꽃 무늬 실크 벽지
주방은 조약돌 무늬 인조대리석
화장실은 함박눈 무늬 타일

눈이 따갑고 핏발이 가시지 않아 안과에 갔더니
환경호르몬 과민 반응 증상인 것 같다며
되도록 창문을 활짝 열어 환기를 해주고
미세먼지 농도가 심한 날은
외출을 삼가라는 처방을 받았다

집에 와서 방충망 방범창에 호위 되어있는
이중창문을 활짝 여니

하늘을 우렁우렁 찢으며 가는 비행기

이민 간 자식 손자가 보고 싶어

난생처음 비행기를 탔다가
관 속에 누워서 돌아온 어머니를
화장터 불구덩이에 던져놓고
유유히 과일을 깎아 먹고 있던 사람들

아아 할머니 뜨겁겠다며
발을 동동 구르며 울부짖던 어린아이
볼을 타고 흘러내리던 눈물 눈물

지금쯤 그 아이도 유명 영화배우 사진을 앞에 놓고
얼굴을 뜯어고치고 밥 대신 다이어트 약을 삼키며
살과 함께 눈물이 차츰차츰 말라가는
21세기형 숙녀가 되어가고 있을까

나는 눈이 더 따가워져서
도로 창문을 닫고 말았다

해 설

슬픔의 기억을 통한 소리와 언어의 시적 존재론
—조은길의 시 세계

유성호(문학평론가, 한양대학교 국문과 교수)

1. 가파르고 따뜻한 삶에 대한 경험적 관찰

조은길의 시집 『입으로 쓴 서정시』(천년의시작, 2019)는, 때로 가파르고 때로 따뜻한 삶의 엄혹한 이치에 대한 경험적 관찰을 통해 우리에게 세상의 축도縮圖를 견실하게 전해 주는 서정적 고백록이다. 이러한 관찰과 고백의 과정은 타자들에 대한 투명하고도 다채로운 묘사를 통해 펼쳐지는데, 시인은 밀도 높은 기억을 매개로 하여 자신이 마주쳐 온 시간의 문양을 들려주는 작법을 택하면서 자신만의 시적 수심水深을 들여다본다. 이러한 기율이 그녀의 시편으로 하여

금 퇴행적이거나 회고적인 정서에 머무르게끔 하지 않는 가장 강력한 원리가 되어주었을 것이다. 이때 조은길의 시는 세상의 정점과 바닥, 매혹과 잔혹, 구심력과 원심력을 있는 그대로 담아내면서 타자를 향한 사랑으로 나아가는 과정을 아름답게 보여 준다. 그녀가 시에 담아내는 '타자'란 동시대의 이웃들로부터 역사 속 인물들, 자연 속 동식물들, 때로 징그럽고 그로테스크한 존재자들에까지 두루 걸쳐져 있다. 물론 그녀의 시에 차용된 이러한 대상들은 한결같이 인간 존재의 운명을 환기하는 상관물로 기능하면서 그녀로 하여금 삶에 대한 깊은 관찰과 고백을 가능하게끔 해주는 주인공들이다. 이제 우리는 조은길만의 미더운 시선과 필치를 따라 그녀가 구축해 내는 세상의 지도에 들어섬으로써, 그녀의 시가 그려가는 심미적 풍경에 동참하려고 한다. 그 개성적인 풍경 속으로 한 걸음씩 들어가 보도록 하자.

2. 우주와 삶의 소통과 친화 과정

옛 낭만주의자들은 자연을 양도할 수 없는 성소聖所로 그리면서 자연에서 들려오는 신비의 소리를 통해 신성神聖에 가 닿는 상상적 모험을 마다하지 않았다. 그러나 우리는 자연의 숭고미가 천천히 소멸되어 가고 자연과의 낭만적 교감도 사라져가는 시대를 살아간다. 그러니 다만 감각적 재생력과 새로운 상상력을 통해 환상적 창조물을 구성해 갈 수 있을 뿐이다. 언젠가 바슐라르(G. Bachelard)는 이를 빗대 "이미지의 생성은 인간 존재의 근본적 움직임인 역동적 상상력에 의해서 이루어진다"라고 하였는데, 우리는 조은길의 시집을 통해 시인이 역동적 상상력으로 새로운 환상적 창조물을 창안해 내는 지극한 순간을 만나게 된다. 물론 조은길의 시에 나오는 사물은 자연 물성物性 자체로 현현하지 않는다. 그것들은 모두 인간의 삶과 정서를 반영하는 우의적寓意的 속성을 띠고 있으며 지상에서 살아가는 인간의 형상을 일이관지하게 간접화하고 있다. 아닌 게 아니라 조은길은 인간과 자연이 분리되어 있다고 전제하지 않고, 인간과 자연 사이에 상상적 소통이 가능하다고 믿는 시인이다. 자연과 인간, 우주와 삶 사이의 소통 과정을 에둘러 역설하는 천체 미학도 그러한 속성에서 비롯하는 것이다. 다음 작품을 먼저 읽어보자.

정월대보름날인데 달님이 나타나지 않았다

흠도 티도 없는 정월대보름 달님에게 우리 가족 만수무강 운수 대통을 빌어야 되는데 달님이 나타나지 않았다

하늘이 멀어 잘 안 보이고 잘 안 들릴까 봐 소나무 대나무 횃불을 만들어 하늘 밑구멍까지 환하게 밝혀 놓고 북 치고 장구 치고 꽹과리 치며 기다렸는데 달님이 나타나지 않았다

올해는 제발 글 좀 잘 쓰게 해주소서 잠 좀 잘 자게 해주소서 그 사람이 나한테만 눈멀게 해주소서 은밀히 부탁할 것도 많은데 달님이 나타나지 않았다

달님이 나타나지 않아 횃불도 잦아들고 북소리 장구 소리 꽹과리 소리도 잦아드는데

달님이 나타났다

달님은 달님인데 구름에게 멱살 잡혀 어딘가로 끌려가는 달님이다 무슨 말을 하려는 듯 입을 빠끔빠끔 눈을 깜빡깜빡 끌려가는 불쌍한 달님이다

하지만 저 떠돌이 변덕쟁이 구름에게 한 해의 신수를 부탁할 수는 없지 않은가

달님 달님 기도하면 구름에게 멱살 잡힌 달님이고 달님 달님 기도하면 입을 빠끔빠끔 눈을 깜빡깜빡 끌려가는 불쌍한 달님뿐인

캄캄한 정월대보름 밤이었다

—「그날은 달님을 몹시 기다렸다」 전문

오래전 "정월대보름날"에 한참 나타나지 않았다가 나중

에야 모습을 드러낸 "달"을 호출한 이 시편은, "흠도 티도 없는" 달이 나타나지 않자 "소나무 대나무 횃불"로 밤을 밝히고 "북 치고 장구 치고 꽹과리 치며" 기다렸던 시간을 회억하고 있다. 달을 기다린 까닭은 "우리 가족 만수무강 운수 대통을 빌어야" 했고 글 잘 쓰고 잠 잘 자고 사랑이 이루어지길 은밀하게 부탁해야 했기 때문이다. 그런데 나중에 나타난 달은 완전형의 존재가 아니라 어디론가 끌려가고 있는 "불쌍한 달님"이었다. 그렇다고 "떠돌이 변덕쟁이 구름"에게 달님의 위상을 양도할 수는 없는 일이었다. 그렇게 "구름에게 멱살 잡힌 달님"이자 "입을 빠끔빠끔 눈을 깜빡깜빡 끌려가는 불쌍한 달님"이 떠올랐던 그 "캄캄한 정월대보름 밤"은, 대상에 대한 간절한 기다림과 막상 그 대상이 나타났을 때의 당혹스러움을 동시에 전해 준다. 모든 존재자들이 "저만의 간절한 꿈이 따로 있는 듯하지만"(「9월」) 결국 "천지간에 나 홀로 남겨진 것같이 쓸쓸하고 서러운 마음"(「나와 눈이 마주치지만 않았다면」)으로 살아갈 뿐이라는 묵시록적 발상을 담고 있는 작품이다.

별은 하늘에 난 구멍이다

죽어도 못 잊을 사람을 이 땅에 두고 하늘로 간 사람이
그리움에 못 이겨 하늘 문을 손톱으로 긁어서 낸 구멍이다

그중에서 유난히 반짝이는 별이 있으면

틀림없이 손톱 구멍으로 당신을 바라보고 있는 죽어도 못 잊을 그 사람의 눈동자일 것이다

보라 밤이면 밤마다 하늘이 저리도 찬란히 반짝이는 것은

이 땅 위에 얼마나 많은 죽어도 못 잊을 사랑이 머물다 갔는지 증거다

사랑아 죽어도 못 잊을 안타까운 내 사랑아 우리 너무 많이 서러워 말자 안타까워 말자

죽어도 못 잊을 이 지독한 그리움이 어둠을 밀어내는 저 찬란한 별 하나의 이력이 될 것이려니

마음대로 눈 맞추고 마음대로 마음 비비는 우리 그리움의 찬란한 종말이려니

—「별의 이력」 전문

이번에는 "하늘에 난 구멍"인 '별'이다. 별은 "못 잊을 사람을 이 땅에 두고 하늘로 간 사람이 그리움에 못 이겨 하늘

문을 손톱으로 긁어서 낸 구멍"이다. 특별히 더 반짝이는 별은 "손톱 구멍으로 당신을 바라보고 있는 죽어도 못 잊을 그 사람의 눈동자"가 아니겠는가. 그렇게 하늘의 별은 한결같이 지상의 못다 한 사랑의 연장선에서 자신의 이력履歷을 더해 간다. 그러니 밤하늘이 찬란하게 반짝이는 것 역시 지상에 편재한 "죽어도 못 잊을 사랑"이 한동안 머물다 하늘로 간 까닭일 것이다. 그렇게 서러움과 안타까움으로 반짝이는 사랑의 흔적들 앞에서 시인은 그 "지독한 그리움"이야말로 어둠을 밀어내는 "찬란한 별 하나의 이력"이 될 것임을 믿는다. 물론 그것 또한 "그리움의 찬란한 종말"로 이어져 가겠지만, 시인으로서는 "불멸의 아름다움을 넘보는"(「동백섬 동백 타워」) 이력을 갖추어가는 지상의 삶에 대한 외경을 표현한 것일 터이다.

이처럼 "달"과 "별"로 표상되는 상상적 우화를 통해 조은길은 시원始原의 상상력을 펼쳐간다. 원래 '자연'이란 서정시에서 가장 중요한 형상화 대상이 되어온 소재인데, 가령 원형성, 보편성, 직접성 등으로 인해 그것은 시인들의 한결같은 선호를 받아온 것이다. 조은길은 천체로 시선을 돌려 그것들이 펼쳐내는 삶의 만화경萬華鏡을 보여 주는데, "달"에서는 어둑하고 캄캄했던 묵시적 순간을 노래하고, "별"에서는 사랑이 가져오는 불멸의 그리움이 그 어둑함을 밝히는 것을 상상한다. 우주와 삶의 소통과 친화 과정이 아름답게 그려진 것이다.

3. 슬픔의 시간을 통한 삶의 투시

생각해 보면, 우리가 서정시를 읽는 이유는 시인 자신의 실존적 발화에 동참하려는 동일화 욕망에 있을 것이다. 하지만 이러한 동일화 과정을 넘어 한 편의 서정시가 타자들의 경험을 널리 포괄하지 못한다면 그것은 나르시시즘의 무한 운동만을 반복하게 될 것이다. 그래서 타자의 삶에 대한 깊은 관심을 전유하는 것은 우수한 서정시가 갖추고 있는 심층적 동기가 아닐 수 없다. 조은길의 시적 음역音域은 동시대의 타자들을 향해 한껏 확장되었다가 다시 스스로에게로 회귀하는 자세를 투명하게 담고 있다. 이때 시인은 자신만의 응시의 힘으로 현실을 새롭게 발견하고 그 관찰 결과를 자신의 삶으로 다시 결합시키는 과정을 이어간다. 육안으로 잘 포착 안 되는 존재자들의 슬픔을 바라보면서 그들의 존재 방식에 대한 새로운 투시와 해석 작업을 수행해 간다.

엄마가 죽었다
아기 고양이 엄마가 죽었다

아기 고양이는
엄마가 죽은 줄도 모르고
죽어 쓰레기통에 내던져진 줄도 모르고

엄마를 기다리고 있다
울지도 않고 기다리고 있다

눈이 퉁퉁 부은 내 슬픔을
아직 울음이 시작되지 않은
아기 고양이의 슬픔 위에 포갠다

아기 고양이가 운다
입맛을 다시며 사방을 두리번두리번
없는 엄마를 찾으며 운다

아가야 배고프지
엄마 보고 싶지

나는 검은 브래지어로 봉해져 있던
퉁퉁 불은 내 젖가슴을 꺼내
아기 고양이의 입에 물려 준다

눈이 퉁퉁 부은 내 슬픔은
세상에서 가장 위험하고 가련한 짐승의
슬픔과 포개졌다

—「슬픔을 포개다 1」 전문

"슬픔"은 모든 존재자의 일용할 양식이요, 그 어떤 정서로도 바꿀 수 없는 편재적인 인간 마음의 바탕이다. 세상에서 만나는 무수한 슬픔의 장면과 순간을 포개는 일은 어쩌면 시인의 실존적 직능인지도 모른다. 조은길은 "눈이 퉁퉁 부은 내 슬픔"을 "세상에서 가장 위험하고 가련한 짐승의/ 슬픔"에 포갬으로써 이러한 시인으로서의 역할을 완성한다. 아기 고양이는 엄마가 죽어 버려진 줄도 모르고 울지도 않고 엄마를 기다린다. 이때 시인은 "눈이 퉁퉁 부은 내 슬픔"을 "울음이 시작되지 않은/ 아기 고양이의 슬픔" 위에 포갠다. 순간, 두 존재자의 슬픔은 동심원을 그리면서 겹쳐진다. 이제는 없는 엄마를 찾으면서 우는 아기 고양이에게 "검은 브래지어로 봉해져 있던/ 퉁퉁 불은 내 젖가슴을 꺼내" 물려 주는 시인의 마음은 지극한 연민으로서의 타자성을 실현한다. 아기 고양이의 "세상에서 가장 위험하고 가련한" 슬픔은 여기서 시인에게 가장 첨예한 인간 존재의 이유로 몸을 바꾼다. 이러한 '슬픔을 포개다' 연작을 통해 조은길은 가혹한 세상을 위안하고 치유하려는 슬픔의 사제司祭로 거듭난다. 이런 존재자들 앞에서 "운문 형식 산문 형식 따지며" "원관념 보조관념 따지며" "은유법 환유법 따지며" "비장미 숭고미 따지며"(「삼류 시인」) 시를 쓸 수는 없었을 것이다.

> 배부른 돼지보다
> 배고픈 소크라테스를 고집하며

저녁밥도 포기하고 철학 카페 가는 날
어린 나이에 부모 잃고 뭐니 뭐니 해도
배부르고 등 따신 것이 최고라는
한 가지 철학만을 고집하는 남편은
저녁밥을 핑계로 밤늦게 돌아온다
그때마다 왠지 배고픈 소크라테스가
배부른 돼지에게 뒤통수 맞은 기분을 지울 수 없지만
괜찮다 철학의 아버지 소크라테스님도
평생을 아내와 지지고 볶으며 살다 갔다는데 뭐
모든 자살은 잠재적 타살이라는데
하루에도 수십 명이 스스로 죽어 나간다는 이 땅에서
귀를 의심케 하는 끔찍한 뉴스들이 연일 쏟아져도
그걸 소재로 폼 나는 시를 지어낼 궁리를 할 뿐
밥숟갈을 내던지고 집을 뛰쳐나간다거나
철학 카페를 빼먹는다거나
펜을 내던지고 궐기장으로 달려간다거나
코가 비뚤어지게 술을 마신다거나
난 살인자야 너도 너도 넌 사람도 아냐
술주정도 잠꼬대도 하지 않는다

—「소크라테스님은 얼마나 배가 고팠을까」 전문

일찍이 영국 철학자 밀(J. S. Mill)은 "배부른 돼지보다 배고픈 인간이 되는 것이 낫다. 만족한 바보보다 불만족한 소크라테스가 되는 것이 낫다. 바보나 돼지가 다른 의견을 가진다면 이는 오직 자기 입장으로만 문제를 이해했기 때문이다. 반면 인간이나 소크라테스는 문제의 양쪽 입장을 다 이해한다"라고 말한 바 있다. 위의 작품은 바로 이 발언의 문맥에서 파생된 결실이다. 가령 저녁밥도 포기하고 철학 카페에 가는 자신을 두고 화자는 "배부른 돼지보다/ 배고픈 소크라테스를 고집"한 결과라고 생각한다. 반면 조실부모한 남편은 "배부르고 등 따신 것이 최고라는/ 한 가지 철학만을 고집"한다. "배고픈 소크라테스"와 "배부른 돼지"는 그렇게 늘 일상에서 만나고 합쳐지고 헤어지고 대립한다. 결국 "배고픈 소크라테스"를 자임한 화자는 "모든 자살은 잠재적 타살"이라는 역설에 이르기도 하지만 스스로는 견고한 동일성으로 일상을 살아가기도 한다. 이처럼 날카롭고 첨예한 자각과 견고한 일상적 삶의 리듬은 호혜적으로 서로를 지탱해 준다. 비록 하루에도 수십 명이 스스로 죽어 나간다는 이 땅이지만, 그 안에서 시인은 "자신보다 더 사랑하는 존재가 곁에 있다는 것은/ 얼마나 잔인한 축복인가"(「즐거운 나날들」) 하는 것을 느끼면서 "싸늘하게 식은 눈빛들"(「암탉들」)을 넘어 가 닿아야 할 삶의 배고픈 진실을 적극적으로 사유하는 것이다.

두루 알다시피 서정시는 시간에 대한 경험을 통해 기억을 구성해 가는 양식적 특수성을 지닌다. 그만큼 서정시는 기억의 운동을 근원적으로 다루게 되고, 우리는 서정시가 수행하는 이러한 원리를 따라 삶의 근원에 대한 상상적 경험을 치르게 된다. 서정시는 우리 시대의 반反생명적 조건들과의 긴장과 싸움으로 생성되는 것이다. 또한 그것은 세상이 강제하는 위기와 폭력에 대한 근원적 성찰과 삶의 균열에 대한 자의식, 그리고 서늘한 자각과 견고한 일상을 유기체적으로 엮어내는 상상력을 통해 현상되는 것이기도 하다. 조은길의 시가 그러하다.

4. 고통의 미메시스로서의 역사

사사로운 개인 차원이건 집단적인 공동체 차원이건 '기억'이란 매우 중요한 서정시의 원리가 된다. 특별히 조은길의 시에서 기억은 삶의 고통과 환멸을 증언하고 견뎌가는 힘에서 발원하는 방법적 기제이다. 어쩌면 그것은 '고통의 미메시스'(T. Adorno)라고 불릴 만한 것으로서, 시인은 그때그때 찾아오는 삶의 구체적 고통과 환멸을 자신만의 미학적 형식으로 일관되게 조직해 간다. 그녀의 시는 내면에서 일고 무너지는 고통과 환멸의 목소리를 담은 마음의 뼈요 시간의 척추인 셈이다. 시인은 가장 근원적인 기억의 뿌리를 '나' 또는 '나'로부터 명명된 것들에서 찾아내고, 자신으로부터 멀어져 간 고통과 환멸의 시간을 오래도록 붙잡아 둔다. 어느 한 곳에 머물지 않고 삶의 지극한 고통과 내면의 감각이 반응하는 순간을 동시에 노래한다. 이처럼 그녀의 시에는 소멸해 간 시간 속에 깃들인 존재론적 고통이 각인되어 있다.

> 녹슨 양철 지붕 우리 집 빗소리 아버지 비지땀 흘리며 못질하는 소리 같은 늦은 밤 어머니 손틀 바느질 소리 같은 우리 집 빗소리 비가 오는 동안 밥에서도 옷에서도 책에서도 이부자리에서도 나는 소리 우리 집 빗소리 배고플 때 들으면 배가 더 고픈 소리 화날 때 들으면 더 화나는 소리 눈물 날 때 들으면 더 눈물 나는 소리 우리 집 빗소리 가는귀가 먹은 우리 아버지 싸움닭처럼 목소리가 큰 우리 가족 아버지가 말없이 집을 비우던 날 어머니가 켜놓은 귀가 따갑던 라디오 소리 패대기를 치고 싶은 소리 천리만리 도망치고 싶은 소리 이미 귀에 못이 박혀 버린 소리 옆집도 앞집도 모르는 우리 식구들만 아는 소리 우리 집 빗소리
>
> —「장마」 전문

이 애틋하고 신산한 가족사는 그 자체로 조은길이 재현해내는 고통의 내질을 고스란히 보여 준다. 장마철에 "녹슨 양철 지붕"을 때리는 "우리 집 빗소리"는 아버지의 못질 소리나 어머니의 손틀 바느질 소리처럼 들려온다. 그 빗소리는 밥에서도 옷에서도 책에서도 이부자리에서도 나고, 배고플 때 들으면 더 배가 고프고 화날 때 들으면 더 화가 나고 눈물 날 때 들으면 더 눈물이 난다. "가는귀가 먹은 우리 아버지" 때문에 우리 가족은 싸움닭처럼 목소리가 컸고, 아버지가 집을 비우면 어머니가 켜놓은 라디오 소리가 귀를 때렸

다. 그야말로 "패대기를 치고 싶은 소리 천리만리 도망치고 싶은 소리"의 연속이었다. "귀에 못이 박혀 버린 소리"였고 "옆집도 앞집도 모르는 우리 식구들만 아는 소리"였다. 이러한 소리의 연쇄는 "우리 집 빗소리" 때문에 환기된 것인데, 한결같이 삶의 가난과 불구성을 은유하고 있다 할 것이다. 이렇게 이번 시집에는 "제 살을 꼬집으며 참는 긴긴 설움의 가족사"(「잔디 광장」)가 시인의 기억 속에서 가파르게 튀어 오르고 있다.

꿈에 죽은 어머니가 오셔서 어서 전쟁 준비 하라며 뚜껑도 안 뜯은 사각 성냥 한 통을 주고 가셨다 뚜껑을 열어보니 태평양전쟁 때 일본군 성 노예로 끌려가다 피를 토하고 풀려난 어린 어머니의 핏빛 무명 저고리가 오도카니 꿰어있고 그때 끌려간 수많은 어린 처녀들의 짓뭉개진 아랫도리가 줄줄이 꿰어있고 6·25때 연합군 흑인 병사들에게 윤간당하고 숯검정 같은 핏덩이를 안고 시퍼런 못물 속에 뛰어들고 말았다는 순자 이모 퉁퉁 불은 젖가슴이 꿰어있고 밥을 먹다 벗은 발로 북으로 끌려간 남편의 신발을 댓돌 위에 올려놓고 유복자를 홀로 키웠다는 당숙모의 쩍쩍 부르튼 손이 꿰어있고 피난 행렬 속에서 성냥이 든 지전 주머니를 쓰리 당하고 눈앞이 캄캄해지도록 굶었다는 어머니 어머니의 쪼그려 붙은 배꼽이 꿰어있고

나는 어머니 말씀대로 성냥과 양초와 조리하지 않아도

먹을 수 있는 먹을거리와 상비약과 최신식 현금 전대와 나
와 딸아이를 위해 가스총과 피임약 몇 통을 샀다

—「성냥과 피임약」 전문

어머니가 꿈에 찾아오셔서 "뚜껑도 안 뜯은 사각 성냥 한 통"을 주고 가셨다. 그런데 그 안에는 우리의 수많은 여성 수난사가 꿰어져 있는 것이 아닌가. 태평양전쟁 때 일본군 성 노예로 끌려가 피를 토하고 풀려난 어린 어머니의 핏빛 무명 저고리, 수많은 어린 처녀들의 뭉개진 아랫도리, 6 · 25 때 연합군 흑인 병사들에게 윤간당하고 숯검정 같은 핏덩이를 안고 못으로 뛰어든 이모의 젖가슴, 북으로 끌려간 남편 신발을 댓돌에 올려놓고 유복자를 키운 당숙모의 부르튼 손, 피난 행렬 속에서 성냥이 든 지전 주머니를 도난당하고 굶었다는 어머니의 앙상한 배꼽이 줄줄이 꿰어져 있었다. 어머니의 말씀을 따라 화자는 "성냥"과 "양초"와 "상비약"과 "가스총"과 "피임약"을 샀다. 정말 여성적 전쟁 준비를 한 것이다. 물론 이러한 반응에는 우리 역사가 거쳐온 상처가 워낙 깊었기 때문에 그 역사를 재현하지 않으려는 의지가 충일하게 담겨 있을 것이다. "아직도/ 유관순 열사를/ 유관순 누나라 부르고/ 일본군 윤간 피해자를/ 일본군 위안부라 부르는/ 대한민국"(「3 · 1절 특선 영화」)에서 '시인 조은길'의 역사의식은 이처럼 돌올하고 우뚝하다. "아직 아무도 첫 페이지도 못 넘긴"(「송광사」) 진정한 우리 역사를 쓰기 위해서라도 조은길의 생각과 외침은 경청에 값하는 것

이라고 할 수 있다.

모든 존재자는 소멸 직전의 순간 속에서만 자신의 순수한 외관을 드러낸다. 그 점에서 '영원성'이란 시간의 흐름 자체를 부정하는 상상적 개념일 뿐이다. 오히려 모든 사물이나 현상은 순간적으로 사라짐으로써만 자신의 운명이 부여받은 시간을 충실히 살아낸다. 시인이 조직해 가는 '기억'은 그것이 가족사 차원이건 민족사 차원이건 이러한 시간의 운명에 대한 견딤의 과정에 의해 채택되고 배열되는 특성을 가진다. 가령 그것은 폐허 속에 웅크리고 있으며, 구체적 시공간을 개입시키면서 스스로를 역동적으로 재구성해 간다. 조은길은 사라져가는 시간성 속에 놓인 존재자들의 역사를 기억의 힘으로 채록하면서, 동시에 그것을 재현하지 않기 위해 우리가 새롭게 살아야 할 시간을 역상逆像으로 제시하고 있는 것이다.

5. 언어적 자의식의 세계

그런가 하면 조은길은 이번 시집을 통해 '시' 혹은 '시인'의 존재론적 비의秘義를 깊이 궁구해 간다. 시인은 기본적으로 수많은 소리의 채집과 재현, 시공간의 탐침과 표현 등을 통해 이러한 방법론에 구체적으로 이르고 있다. 이처럼 실로 다양한 풍경을 수습하고 표현하면서 시인은 궁극적으로 '시詩'에 대한 언어적 자의식의 세계를 현저하게 보여 준다.

심미적 축약 속에 자기 기억을 쏟아놓을 수밖에 없는 '시'라는 언어예술에 대해 그녀는 적극적으로 사유해 간다. 이러한 과정을 통해 그녀는 시인이라는 존재가 언어적 욕망으로 충만할 뿐만 아니라 사물 속에서 언어를 발견하고 경험하려는 존재임을 증언한다. 이러한 존재 전환을 통해 조은길은 지상의 언어로는 가 닿기 어려운 새로운 경험을 자신의 '시'로 조직하게 된다.

비만 오면
아기 울음소리가 들린다는
바위 절벽 끝에

등 굽은 소나무 한 그루와
염소 한 마리가 산다

침묵은 그들의 모국어

더 이상 물러설 곳 없는 절벽 끝에서
수많은 낮과 밤을 함께 보냈지만
죽은 솔잎에다 검정콩을 버무려놓은 듯
메마른 배설물의 겹침 뿐

서로 말이 없다

간간이 솔가지를 뒤흔드는 바람 소리
입 가진 것들의 알 수 없는 중얼거림은
침묵을 수식하는 한갓 후렴 같은 것
기쁨도 슬픔도 외로움도 견딜 수 없는 분노마저도
오로지 침묵으로 말한다

아기를 업은 채 절벽을 뛰어내렸다던
여자의 신발 속 서러운 사연을
누운 풀인 양 잘근잘근 씹어 삼켰다던
저들에게 침묵이라는 모국어가 없다면

세계는 아기 울음소리 귀를 찢는
오독으로 아우성치는 한갓
소음 덩어리에 불과할지도 모른다

—「숲의 모국어」 전문

숲을 충일하게 채우고 있는 침묵은 시인의 명명에 의해 모국어의 위상을 부여받는다. 더 이상 물러설 곳 없는 절벽 끝에서 사는 소나무 한 그루와 염소 한 마리는 침묵을 모국어로 삼고 있다. 간혹 솔가지 흔드는 바람 소리나 사물들의 중얼거림이 없지 않지만 그것들은 "침묵이라는 모국어"를 수식하는 후렴에 불과하다. 모든 감정을 오로지 침묵으로 말하는 그네들은, "아기를 업은 채 절벽을 뛰어내렸다던/

여자의 신발 속 서러운 사연"마저 "침묵이라는 모국어"로 담아두었을 뿐이다. 그러니 침묵이 없다면 세상은 오독으로 아우성치는 소음 덩어리에 불과하지 않을 도리가 없다. 결국 "삶의 모국어"인 침묵을 통해 시인은 "내 마음을 정확히 표현할 말이 없어"(「입으로 쓴 서정시」)질 때 "그날 내 심장에 쿵쿵 박히던 가쁜 숨소리"(「첫사랑」)까지 옮길 수 있는 묘책을 얻어낸 셈이다.

수도원 묵은 담을
훌쩍 넘은 목련 나무는
짧디짧은 꽃 시절을 보내고
푸른 일상으로 돌아갔다

뜰 안에는 자작자작 타오르는
작약 영산홍 꽃 더미

텃새들도 모르는 이른 새벽
발목까지 잠기는 검은 수도복에
검은 두건을 쓴 수녀들이
안개 걸음으로 기도실로 갔다

나는 묶인 짐승처럼
검은 방구석에 우두커니 앉아

낮에 보았던 영산홍 꽃 더미를
영산홍 꽃 능이라고 꽃 능을 파헤치면
빰이 뽀얀 먼 왕조의 어린 공주가
꽃 비단 이불에 싸여 잠들어 있을 것이라고
꽃 시절도 천국도 지옥도 모르고 죽은
내 어린 동생도 어머니도 아버지도
그렇게 고이고이 잠들어 있을 것이라고
상상했다 다른 별 도리가 없었다

—「시작 노트」 전문

이제 시인은 침묵의 자의식을 넘어 자신만의 언어적 자의식에 가닿는다. 수도원 담을 넘은 목련 나무가 짧은 꽃의 시절을 보내고 푸른 이파리의 외관으로 돌아가고, 뜰 안에는 영산홍 꽃 더미가 넘실거린다. 시인은 낮에 보았던 영산홍 꽃 더미가 "꽃 능"이어서 그곳을 파헤치면 먼 왕조의 어린 공주도 잠들어 있고 죽은 어린 동생도 어머니도 아버지도 잠들어 있을 것이라고 상상한다. 그리고 다른 별 도리가 없었다고 고백한다. "시작 노트"라는 제목에서 시인은 자신의 시가 "약육강식의 진창을/ 수수만년 굴러먹은 시"(「시인의 말」)이므로 "만장일치로 침묵하고 만장일치로 인내하는 저 무지막지한 평화주의자들"(「잔디 광장」)을 달래고 위안하는 "허망한 노고와 갈증을 달래주는/ 찬물 한 바가지 같은 시"(「큰길에서 쓴 시」)이기를 바라고 또 바라는 것이다. 그만큼 조은길의 언어는 시인 자신의 목소리를 실어 나르는 불가피한 도구이자 존재 생성의 필연적 울타리로 다가온다. 그래서 시인은 자신의 시 갈피갈피에 언어에 관한 짙은 자의식을 간접화하여 풀어놓음으로써, 자신의 언어가 지속적이며 불가항력적인 존재론적 숨결임을 고백해 간다. 그야말로 침묵과 상상을 통해 자신을 미학적으로 완성하는 '시 쓰기'야말로 자신의 삶에서 양도할 수 없는 존재 방식이라고 노래하는 것이다.

그동안 우리는 서정시를 '자기동일성'과 '회감回感'의 양식으로 규정해 왔다. 그래서 자아와 세계 사이의 간극을 승인하고 탐색하는 서사와는 다른 순간적 통일성의 원리가 자명하게 받아들여졌다. 또한 우리는 경험 세계를 정서적으로 재현하는 것을 서정시의 중심 원리로 생각해 왔다. 서정시는 세계와 갈등을 일으키지 않는 주관을 중시하면서 그것을 '충만한 현재형'으로 발화하는 자기동일성 양식으로 각인되어 왔던 것이다. 뭇 사물이나 현상에서 서정시의 외현外現을 발견해 가는 조은길의 사유와 언어는 그 점에서 이러한 서정시의 존재론을 가장 첨예하고도 구체적으로 형상화해 보여 주는 미학적 결실일 것이다. 물론 더 많은 작품이 인용될 수 있을 것이다. 조은길의 시는 균질적이고 또 담론적으로 풍요롭기 때문이다. 더 거친 화법도 있고, 더 목소리가 높은 저항도 있고, 더 부드러운 고백도 있다. 하지만 여기서는 그녀가 섬세하게 기억하는 그리움과 슬픔 그리고 치열하게 사유해 온 소리와 언어에 주목하였다. 슬픔의 기억을 통한 소리와 언어의 시적 존재론을 비평적으로 구성해 보았다. 이처럼 완결된 미학을 구축한 조은길의 이번 시집을 축하하면서, 우리는 그녀가 다시 걸어갈 더욱 근원적이고 진취적인 '시인의 길'을 마음 깊이 기대해 보는 것이다.